Una Historia Andina Grabada en Piedra

An Andean Story in Stone

Copyright © Paul R. Martel

ISBN 978-0-578-59826-0 - Hardcover

Cover and title page illustrations by Chris O'Herron
www.almosthomestudio.com

With thanks to Cory Jones for his illustration work and for creating our happy and busy friend Max.
www.allmywebneeds.com

Thanks also to my good friend Cruz Saubidet for his valuable help with the Spanish translation.

**Para mis adorados nietos
Shirley, Alice, Elliott y Paul.**

Mi agradecimiento para el verdadero Max por su ternura y compasión hacia las personas, su bondad y su amor por la historia.

Todas las ganancias de la venta de este libro apoyarán el trabajo de "Partners for Andean Community Health" en Ecuador (PACH)

www.PartnersForAndeanCommunityHealth.org

PARTNERS FOR
Andean Community Health

Somos afortunados de vivir en nuestro increíble planeta Tierra. La gente vive en lugares lejanos y sus lenguajes, vestimentas y comidas son diferentes. Pero todos compartimos el mismo planeta azul que gira silencioso.

También estamos conectados con personas que vivieron hace cientos de años. Ellos nos hablan a través de antiguas tallas de piedra y sus símbolos nos recuerdan que compartimos el mismo mundo.

En las majestuosas montañas de los Andes de Ecuador hay tribus indígenas. Algunos los llaman Primeros Pobladores y descienden de los Incas. Tienen su propio lenguaje y alfabeto; su propia música, danzas y ropa. Ellos se esfuerzan muchísimo por conservar su forma de vida.

¿Sabías que hace mucho tiempo los humanos no tenían alfabeto? ¿Puedes creerlo? No sabían cómo escribir palabras ni hacer libros. Los Incas usaban tallas de piedra como esta para contar historias. ¡Esos eran sus libros! (¡Sus mochilas deben haber sido muy pesadas!) Las tallas en las piedras cuentan una historia.

Tratemos de leerla

Había una vez una familia Inca; dos padres y un niño (o una niña), sí, como tú.

Se llamaba Pachacuti, que significa "el poder de cambiar el mundo". Su apodo era Puma. A Puma le amaban mucho.

Igual que a ti.

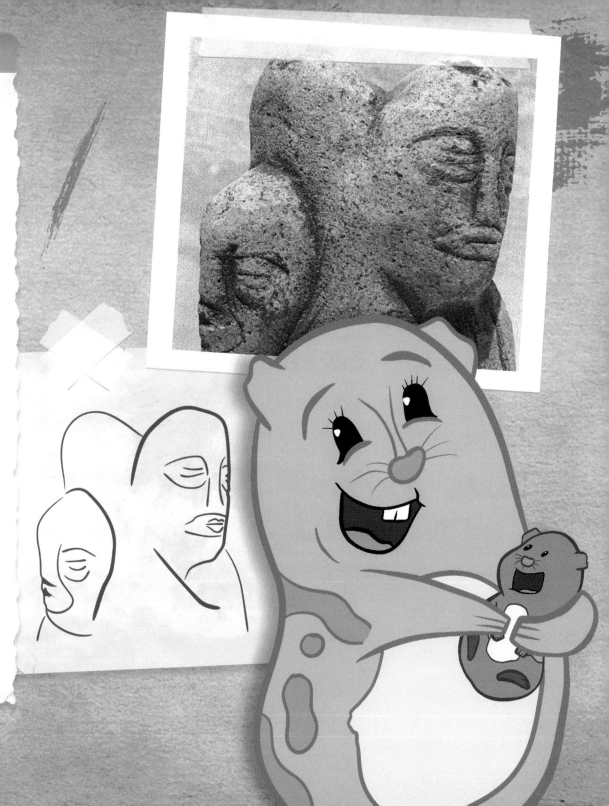

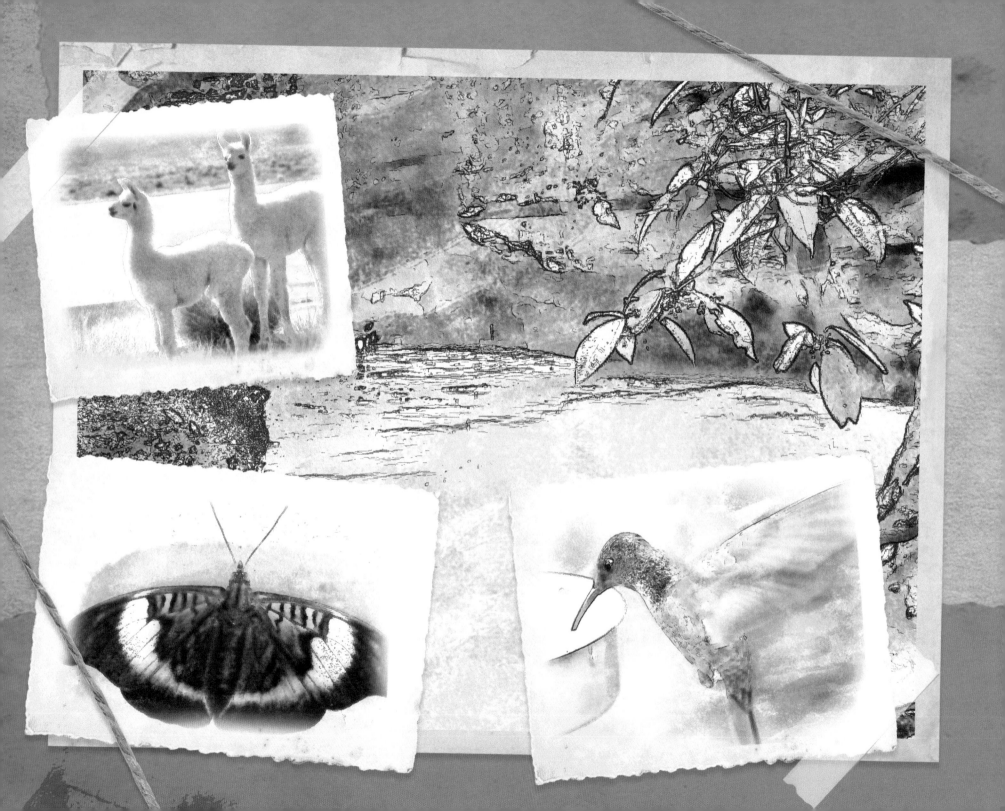

La naturaleza era esencial para los Incas. Como no tenían una palabra para eso, tallaron una rana. La rana nos cuenta que una vez la familia caminó hasta un lago alto y brillante donde Puma nadó por primera vez. También nos habla sobre las llamas que les dieron la lana para hacer la cálida y suave ropa de Puma.

Puma pescaba en ríos fríos llenos de truchas serpenteantes y nadaba en aguas termales calentadas por volcanes subterráneos. Estas mismas piscinas todavía existen y tienen minerales que pueden curar tu cuerpo. Alrededor de las piscinas hay flores delicadas llamadas Trompetas de Ángel y colibríes brillantes y grandiosos.

Los Incas llamaron Pachamama a la naturaleza, o Madre Tierra. Pachamama dio vida a la familia y les dio comida, agua y el medio ambiente. En las ceremonias de hoy la mujer siempre es honrada.

Estamos agradecidos por la naturaleza y por las mujeres como nuestras madres y abuelas que nos dieron la vida. A Puma le encantaba pescar, nadar y caminar en las montañas.

Igual que a ti.

El símbolo de la tortuga muestra el paso del tiempo. Hace mucho tiempo la gente pensaba que una gran tortuga llevaba al mundo sobre su caparazón. (¡Qué trabajo tan pesado!) La tortuga nos dice que Puma ganó fuerza, gracia y sabiduría con cada año que cumplía.

Igual que tú.

El tiempo pasa lentamente pero trae grandes cambios. En las cimas de los Andes, los científicos han encontrado fósiles de antiguas criaturas marinas que vivían en el fondo del océano. ¿Cómo terminaron en montañas tan altas? ¡No nadaron por allí!

Al igual que la tortuga y nuestro mundo, Puma creció despacio
pero sin pausa.

Igual que tú.

El símbolo Inca para el peligro era una serpiente. La serpiente nos cuenta que hace mucho tiempo, el gran volcán Tungurahua entró en erupción, enterró la casa de Puma en cenizas y casi mató a todos sus animales. ¡Ese fue un momento aterrador!

En los Andes, hay muchos volcanes. Algunos explotan con lava, cenizas y fuego y la tierra tiembla por su poder. Pero la familia protegió a Puma del peligro porque le amaban mucho.

Igual que a ti.

Los Incas tallaron cuatro líneas para mostrar los elementos del mundo: aire, agua, fuego y tierra. Estos elementos hacen posible la vida. No podemos vivir sin ellos. Una línea conecta los cuatro elementos porque trabajan juntos como un equipo.

¿Cómo funcionan los elementos juntos? Respiramos el AIRE y nos da vida. Las nubes se convierten en lluvia que llena nuestros lagos y nos da AGUA para beber. El AGUA alimenta a las plantas que limpian el AIRE y se convierten en el suelo de la TIERRA. El FUEGO del Sol hace crecer nuestras plantas y las plantas dan alimento para todos los seres vivos. ¡Eso es trabajo en equipo! Debemos proteger a los cuatro elementos para todos los niños de la Tierra.

Niños como tú.

El último símbolo es "El Camino de la Vida". Las líneas exteriores son rectas pero las curvas interiores cuentan una historia. Hubo una vez un terremoto que destruyó el pueblo de la familia. ¡Puma se perdió por dos días! Pero los padres nunca se rindieron y le salvaron la vida. Sí, las curvas son problemas; pero mira cómo retroceden. Los problemas desaparecieron y el Camino de la Vida de Puma continuó.

Igual que el tuyo.

Los Primeros Pueblos de los Andes están conectados con las personas de todo el mundo. En sus ceremonias, enfrentan a cada dirección de la brújula; Norte, Sur, Este y Oeste. Levantan sus manos y agradecen a todas las personas. Esperan que, algún día, estemos todos unidos.

Alrededor de la Tierra estamos todos en nuestro propio "Camino de la Vida".

La vida continúa. La vida es preciosa.

Igual que tú

CPSIA information can be obtained at www.ICGtesting.com
Printed in the USA
BVIW121730060820
585514BV00002B/9